독도, 시를 쓰다

독도, 시를 쓰다

한국시인협회 독도지회 엮음

황금알

독도를 위한 비망록

　몇 년 전, 정말 말도 안 되는 소리로 일본 쪽에서 독도의 영유권을 주장하고 나왔을 때 누구보다도 분노한 사람은 대한민국의 시인들이었다. 그 당시 김종해 시인이 시협 회장이었고 나는 이사였는데, 공개적인 행사에 잘 나가지 않는 나였지만 한국시인협회 독도 탐방대의 일원이 되어 「독도는 독도다」라는 시 한 편을 써 들고 포항에서 울릉도 가는 배를 타게 되었다. 시인이 제 국토를 기리고 지키는 것은 너무나 당연한 일이라고 생각하였다.

　그러나 그때는 파도가 높아서 독도를 눈앞에 두고도 접안을 못한 채 마구 흔들리는 배 위에서 독도시 낭송회를 치러야 했다. 독도는 파도 너머 우리 시인들의 안타까운 마음을 아는지 모르는지 무심하게 서 있을 뿐이었다.

　지난 봄 한국시인협회 독도지회에서는 다시 독도를 탐방하기로 하고 밤 버스를 타고 포항으로 내려갔다. 독도지회장인 편부경 시인이 모든 수고를 도맡아 해주었다. 동북아역사재단에서 후원해 준 덕으로 참가비도 실비 정도로 조금만 받았기 때문인지 참가자 모두가 정말이지 가벼운 마음이었다. 오세영, 이건청, 문효치, 이시연, 허형만, 이명수, 정성수, 임윤식, 김태호, 최금녀 시인 등은 이번에는 꼭 독도에 상륙하여 국토의 맨 동쪽 끝에 외롭게 존재하는 '대한민국'의 자랑스러운 상징을 몸소 체험하겠다는 결의가 대단하였다.

　그러나 아직도 우리 시인들의 정성이 부족했는지 포항에서 출항한 배가 한 시간 남짓 항해하다가 높은 파도로 인하여 포항으로 회항하게 된 것이었다. 다음날도 파도가 심해서 아예 모든 일정을 취소하고 서울로 돌아와야 했다. 안타까운 일이었다.

봄이 가고 여름이 왔다. 독도지회장은 가을에 다시 한번 도전해 보자는 말을 했다. 나는 귓전으로 들으며 그냥 고개만 끄덕거렸다. 그런데 편부경 시인은 시협 총무간사들과 힘을 합쳐 〈겨레의 섬 평화의 섬 울릉 독도 탐방〉을 지난 봄보다 더 주도면밀하게 계획하는 것이었다. 묵호에서 배를 타기로 했다. 이번에는 탐방이 예정대로 이루어질 것 같은 막연한 예감이 들었지만, 하느님 마음을 어찌 알겠는가, 은근히 걱정도 되었다.

묵호항에서 울릉도 도동항까지 2시간 남짓 걸렸다. 파도가 잔잔하였다.

첫날은 이명수, 김지헌, 박수현, 김석준 시인 등이 그곳 초등학교와 중학교를 찾아서 문학특강을 했다. 다음 날 우리는 배를 타고 독도로 출발하였다. 날씨도 쾌청하였다. 배를 탄 지 2시간 정도 지나자 저 멀리 바다 끝에 섬이 떠오르기 시작했다.

"독도다!"

시인들은 너나 할 것 없이 소리쳤다. 드디어 독도에 온 것이다. 마침내 독도를 본 것이다.

대한민국의 작은 상징, 그러나 무엇과도 바꿀 수 없는 크고도 영원한 상징을 우리 시인들은 맨손으로 만져보게 된 것이다.

독도 만세! 한국시인협회 독도지회 만세!

2009. 9
한국시인협회장 오탁번

목차

에세이와 언론기사

시

오탁번 오세영 이명수 정성수 이시연
임지현 김추인 김영은 김태호 전윤호
서정란 박분필 구순자 편부경 김지헌
김영탁 문봉선 신혜솔 박수현 강정이
          한영숙 임윤식 노민석

독도는 독도다

오 탁 번

까치놀 깜박이며
먼 수평선 지워질 때
신라 천 년의 거북이
천만 마리가
한반도의 맨 동쪽 끝
독도의 하늘까지
무지개빛 다리를 놓고 있네

장삼이사 김지이지
한 삼천만 명쯤
구름처럼 몰려나와
울릉군 독도리 암섬 숫섬에서
뱃길 밝히는 등대 위에서
"독도는 독도다!"
소리치고 있네

화산암 틈에 낳은
바다제비 알에서도
물녘에 핀 괭이밥에서도
단군 할아버지가
흰 나룻 쓰다듬으며

"독도야 독도야" 맨 막내손자 부르고 있네

오탁번 1967년 중앙일보 신춘문예로 등단
시집 『겨울강』 『벙어리 장갑』 등

독도를 떠나오며, ⓒ 이명수

울릉도鬱陵島

오세영

밝음을 지향하는 마음이
얼마나 간절했으면
빛을 좇아 이렇듯 멀리 동으로 동으로
내달았을까.
밝음을 사랑하는 마음이 또
얼마나 애틋했으면
청정한 해류 따라 이렇듯 먼 대양에
이르렀을까.
그 순정한 사념思念
변함없이 받들기 위해서
뜻은 한가지로 높은 데 둘지니
너를 만나기 위함이라면
동해 거친 격랑에 몸을 맡겨
세상의 그 오욕칠정五慾七情을 모두 비워야 비로소
가능하구나.
신神이 이 지상에 떨어뜨린 한 알의 진주처럼
국토의 순결한 막내누이여.
울릉도여.

오세영 1968년 『현대문학』으로 등단
시집 『시간의 뗏목』 등

014

좌안 행남등 가는 길, ⓒ 이정훈

독도는 흔들리지 않는다

이 명 수

사람들이 흔들린다
봄에 흔들리고 가을에 흔들리고
손 잡고 흔들리고 손 놓고 흔들린다
동서로 흔들리고 남북으로 흔들리다
어느 날 우측 통행으로 바뀐 표지판 앞에서
떼관음보살*이 흔들린다

우리는 흔들리지 않기 위해
먼바다로 떠난다
묵호에서 울릉도 가는 배 위에서
울릉도에서 독도 가는 배 위에서
흔들리면서 흔들리지 않는 법을 배운다

미세한 꿈틀거림으로 온몸이 부풀어오르는 순간,
마침내 독도에 발도장을 찍는다
맑고 경건한 섬 하나,
독도에 와서 비로소 독도가 된다

독도는 흔들리지 않는다

스스로 깊어지고 넓어지는 섬 하나,

살아 있음으로 우리와 함께
꿈틀거릴 뿐이다

*떼지어 행동하는 사람을 일컫는 말

※

이명수 1975년 『심상』으로 등단
시집 『울기 좋은 곳을 안다』 등

탕건봉 · 촛대바위 · 삼형제 굴, ⓒ 이명수

대한민국 독도 외 1편

정 성 수

동해바다 가장 깊은 곳에 뿌리 내린

대한민국의 꽃 무궁화 두 송이

오래오래 시들지 않는 향내

소리없이 휘감네

어제도 오늘도 내일도

아름다운 그대와 나의 알몸.

021
독도, 시를 쓰다

저 눈부신 울릉도

아는 사람은 알지

눈부신 섬 울릉도는 새의 다른 이름

저 광활한 우주를 향하여 날아오르는 자세로

지금 막 동해바다 수평선 위로 솟아오른

눈이 아주 큰 대한민국의 새.

정성수 1965년 『시문학』, 1979년 『월간문학』으로 등단
시집 『누드 크로키』 등

도동 갈매기, ⓒ 이정훈

삼봉도 혹은 석도 외 1편

이 시 연

우리는 도동항에서 삼봉호를 타고
이백여 리를 달려서 그곳을 찾았다
독도는 쉽게 길을 열지 않기에
설레며 가슴 조이며 기도하면서

동도와 서도의 두 봉우리
딸린 작은 섬이 아흔 개쯤 있다지만
큰 봉우리는 단 둘밖에 보이지 않았다
삼봉도三峰島의 남은 하나는
촛대바위일까 삼형제굴바위일까

독도의 두 개 큰 섬 한가운데에
사랑의 불꽃과 하늘 우러른 기원
굳게 지키는 다짐의 깃발로
또 하나의 봉우리를 피워올리자
그 간절한 염원 억겁으로 이어지게

망망한 동해바다 외로운 한 점에
고작 98.6m와 168.5m
보이는 대로 단지 형상만 믿을 것인가
속내를 드러내지 않은 그 연연함을

그대는 정녕 아는가

해중산海中山은 바닷속으로
삼사천 미터를 더 뻗어내렸으니
한라산의 두 곱절쯤 높지 않은가
우리의 진실한 사랑도
저쯤은 속깊이 간직해야 하리라

전라도 남해안 토박이말에
'돌[石]'은 '독'이라고 한다는데
흥양 사람들이 불렀던 독섬은
그러니까 석도石島인 셈
한 오백 년의 만 배쯤 그 이전에
화산의 끓는 용암으로 솟아올라
흔들리거나 꺾이지 않는
저 검은 돌섬의 뜨거운 침묵

겨레의 거룩한 성지인
삼봉도 혹은 석도여
순례의 길에 일렁이는 파도는
무량으로 타오르는 사랑의 정념.

성불사를 오르며

경상북도 울릉군 북면 추산리
노인 거시기 바위를 지나
송곳산 아래
성불사를 오른다

서너 개밖에 보이지 않는
바위에 뚫린 구멍이
모두 다섯 개라 해서
남은 구멍을 찾으려 한눈팔다가
자갈길 허방을 헛디뎌 나뒹굴었다
오른쪽 바지가 해지고
정강마루가 까져서 피가 흐른다

술기운이 싹 가시고
바닷바람 섬뜩하다
곁눈질로 살아온 일상을 채찍질하는
덕산스님의 몽둥이[봉 · 棒]
임제선사의 고함소리[할 · 喝]

애잔한 막내 독도를 향해
나라 사랑의 한 생각에 애타는

성불사 미륵부처님 앞에
오체투지하다.

이시연 1982년 『심상』으로 등단
시집 『하나의 연잎으로』 등

독도의 바위섬들, © 이명수

독도 외 1편

임 지 현

멀찌감치 떨어져 나앉았다
450만 년 전 용암 중에
맨 꼴찌로 분출되어
발목이 묶이었다
꿈쩍하지 않는 몸을
짙푸른 파도가 손사래치는 반복이다

"막내둥이 가슴팍에 오늘 내가 들었다"

무한대의 우주 끌어안고
백두대간 큰형님 한라의 중형님
울부짖어 불렀다

그러나 외톨이 고집불통이라며
팔짱끼고 버려둔 죄 너무 커서
왜놈들이 넘보며 군침 삼킬 때야
아버지 어머니 정신 번쩍 들었다
수만 번 비바람에 깎이면서
여기요 여기요 여기여요
막내둥이 저를 챙겨주세요
파도로 몸부림쳐 아우성치고
침묵의 가부좌로 시위하면서…….

행남등대에 바라본 저동, © 임윤식

울릉도 3

파도는 넘어질 때마다
일어서는 힘을 키운다
고요함의 내면은
늘 심기일전으로
새롭게 일구어지는 시간 퍼올린다

네 안에 들어
알 수 없이 고여 오는 울렁거림
함께 피어난다

보지 못하고 듣지 못한
말씀의 잎맥들이
수런수런 물결무늬로 깨어난다

임지현 1985년 『심상』으로 등단
시집 『내 안에서 꺼낸 빛살』 등

울릉도 삼선암, ⓒ 이만욱

독도 가는 길 외 1편

김 추 인

1. 섬이던 걸
   섬 뿐이던 걸
   물너울 치고 햇빛살 수수만만 날새튀고 오르는데
   하늘빛 물바닥에 먹점 같던 걸

2. 보였다 안 보였다 물길도 바쁜데
   물속 것들 늘 익은 모터소리에 뭐야뭐야 궁금해 하지도 않고
   객들만 시끌시끌 보인다 아니야 샅이 닳게 오르내리며
   돌섬 맞다니까__ 시끄러 독섬이야__
   저마다 아는 체에 두 시간여
   부__ 접안 신호에
   암섬 숫섬이 가만히 내려다보시던 걸
   여그가 독도여? 참말로 우리 땅 독도에 온겨? 떠들다가 저기
   벼랑 밑에 노교수님 엉덩이 나부죽이 절하시는 거 보고서야
   독도 맞어이−
   먼먼 그때 먹물 듬뿍 찍어
   턱. 투덕.
   두 큰 점 찍었을 한아비 떠오르던 걸
   가제바위 물개바위 잔점들 튀어 엎드렸던 걸

3. 띠리리 링~~

묻지도 않을 사람을 불러내곤
독도 봤다고! 독섬 맞다고!
닌 못 봤쟈? 약오르쟈?
나, 안 하던 짓을 하던 걸

독도의 손님새에게

쉽게 문 열지는 말거라
오월 우리도 파랑쳐서 허행하고
가을 기약 빌미삼아 어렵사리 배를 대었다만
독섬 발치만 쓰다듬다 돌아들 간다야

그래도 털지 못한 미련으로
수심 깊이를 상상해 보는 것인데
물밑 하초 부근 쥐뿔나게 들락일 그것들,
　성게 끄덕새우 오징어 문어 새끼라거나 거기 아예 뿌
리박고 터잡아
　대대손손 귀신놀이한다는 투명체 유령멍게 새끼들
　그저 고마울밖에는

함부로 넘보지들 말거라
밤길 뱃길 천리를 달려와
허이허이 내려서자 숨돌릴 새도 없다야
있는 대로 목을 치빼고 설밖에는
누군들 아니 우러르랴 목고개 치켜들면
가파르다 독섬 오르는 길
　최할아버지* 첫 발걸음 안아들인 돌섬 저 깎아지른 품
을 봐라

쪽발이나 아무나 넘볼 곳이 아니지야

산밭 두렁콩도 알이 들 때 아닌가
하마쯤 저 등성이 억새댓살 벌그레 피었겠다
붉은가시딸기며 신 개머루 단내 나겠다 가을물이 들어쌓겠다
벼랑가 잔가지 사이 솔방울만한 넌
솔딱새 아니냐 나그네새여
남방 땅 먼 곳에서 그대들 오시는 모양인데
텃새들 텃세 부릴 일 없으니
마음 쓰지 말거라

물총새 휘파람새 울새 딱새며
띠리릿~ 띠리릿~ 울며 전화질한다는 붉은가슴울새**도 보고
싶다
기다린다 여기가 새들의 고향이다

울새여 잊지 말거라
독섬 찾다 길을 잃으면
큰곰자리도 살쾡이자리도 향방 짚어 못 주면
띠리릿~ 띠리릿~
독도 편대장***에게 전화하거라

그대 초행길도 환히 일러주리라

* 최초 독도주민으로 입주한 최종덕 씨
** 2009. 1. 14. 중앙일보 보도, 딱새과 울새속 나그네새로 4, 5월 독도, 울릉도를
중간 기착지로 발견된 새
*** 편부경 시인

김추인 1986년 『현대시학』으로 등단
시집 『전갈의 땅』 등

숫돌바위와 서도, ⓒ 이명수

독도에 안기다

김영은

달아나는 수평선 놓칠 수 없었어요 지금도 내 사랑이 펄럭이는 곳

은밀히 멀어 보일 때 사랑은 아름다운 거라고 언제나 돌아앉는 그대였는지 모릅니다

한발 다가가면 더 멀리 물러서는 것을 그저 눈시울 적시며 바라볼밖에요

허둥지둥 물기 털며 따라간들 흔적 없이 지워지는 물안개일 뿐이니까요

이웃 섬나라 여인이 그대에게 꼬리웃음치며 다가갈 때는 이만큼 견뎠던 상처에 기대

나는 뜨거운 가슴 출렁이는 내 자리에서 그러나 완고한 경계선을 지켰습니다

양보할 수 없는 그리움의 끝이니까요

바람 부는 날은 그대 쪽으로 간다는 괭이갈매기에 간절한 마음 실어 보기도 했어요

바다가 곤히 잠에 빠진 날 물너울에 밀려가 보았습니다

어쩐 일인지 해국 한 아름 안고 다가오는 그대여 난 좀 울어야겠습니다 각혈하듯 동해바다에 울음 풀어야겠습니다

와락 품에 뛰어들고 말았어요

꿈이었는지요

그대 품에 안겨 쿵쿵 심장 소리 들으며 비린 사연 낱낱이 읽어
보았습니다

그대로 석상이 되고 싶었어요

김영은 1989년 「월간문학」으로 등단
시집 「꿈꾸는 새는 비에 젖지 않는다」 등

넌 혼자가 아니야 외 1편

김 태 호

동해 푸른 바다 물보라 일으키며
하얀 갈매기 품에 안고 달려왔네
철썩철썩 손 흔드는 독도야
누가 뭐래도 넌 혼자가 아니란다
바위틈 길어올린 젖줄 같은 샘물
바닷길 열어주는 외줄기 등대
천년을 지켜 온 고향이란다

뱃길 열어 놓은 선착장 아래
어제 본 듯 반가운 얼굴
물개바위 촛대바위 아니더냐
아아, 저 어기찬 물결
호시탐탐 노리는 가증스런 눈빛도
이제 널 위협할 수 없단다
창날 같은 믿음직한 두 봉우리
칠천만 겨레가 지켜보고 있다
우리 함께 어둠을 뚫고 바다로 가자
대양을 향해 나래를 펴자꾸나
아가야, 넌 혼자가 아니란다
천년 사랑, 우리의 자랑스런 독도야

거기 있었네

바다가 열리자 섬이 있었네
국토의 막내 방울 튄 자리
저 멀리 성인봉 바라보며
동도와 서도
오뉘처럼 손잡고 마주서
길을 열고 있었네
꾸불텅 꾸불텅 달려오는
검푸른 물결 막아내고
사시장철 변함없는 바위얼굴
괭이갈매기 보금자리 내어주고
알을 품는 슴새며 바다제비
민들레 강아지풀도 길러내었네
그 누가 외롭다 하리
하늘을 이고 홀로 앉은
수심 깊은 바다에서도
이마 드리운 찬란한 광채
힘찬 나래 펼치고 있었네
아침 해 떠오르는 동해 바다
하얀 물보라 얼굴을 씻고
한반도 바깥마당 지켜 온
그윽한 발자취

어서 와요, 와서 보아요
아무도 없는 아득한 바다
잠들지 못하는 샛별처럼
밤하늘 반짝이며 천군만마
성을 쌓는 굳센 모습
아름다운 평화의 섬
너 독도여, 푸른 넋이여

김태호 1989년 『한국시』로 등단
시집 『해돋이』 등

독도의 가마우지. ⓒ 이명수

보물섬

전윤호

동해에는 보물섬이 있다지
한밤이면 해적들이 묵호에 모여
좁은 방안에서 상륙할 계획을 짠다지
몇 번씩 실패하고도 포기 안 하고
지도를 움켜쥔 채 바다를 배회하는 노인들도 많다지
저 깊고 푸른 바다에
섬 전체가 보석인 섬
아무리 큰 가방을 가지고
욕심껏 퍼담아도
표도 나지 않는 엄청난 보물들이
솟아 있다네
열일 제쳐두고 가야지
노략질할 보따리 챙겨서
바다로 가야지 암
보잘 것 없는 내 인생 사라지기 전에
한 건 해야지
한 번이 안 되면 두 번 가고
두 번이 안 되면 세 번 가야지
평생에 한 번은 가야 할
해적들의 순례지
아직 우리 지도에 남아 있어 눈물나게 고마워

전윤호 1991년 『현대문학』으로 등단
시집 『순수의 시대』 등

독도는 우리 땅이다

서 정 란

해뜨는 동쪽 바다 한가운데
상서로운 기운으로 우뚝 솟은
독도야

겨레의 가슴에
있는 듯 없는 듯 살아 숨쉬며
홀로 천고의 세월을 부대끼며
우리 민족의 자존이 되었구나

독도야
국토의 막내야
너는 그냥 그 자리에서 이 땅의 주인으로 살아갈 뿐인데
음기가 센 소인배 일본은
수시로 너를 빼앗아가려고 망발을 일삼는구나

그때마다 우리는 그제야 생각난 듯
온 국민이 분개하며 일어나
독도는 우리 땅이라고 까무러치도록 불러대다가
또다시 까무룩히 잊어버리는……
독도는 우리 땅이라 외쳐대지 않아도 엄연히 우리 땅인 것을

독도야
우리 겨레의 자존아
이제 우리는 늘 너와 함께 하며
외롭지 않느냐 아프지 않느냐
너의 이름을 불러 안부를 물으마
그리하여
가장 작은 것이 가장 크게
가장 약한 것이 가장 세게
소인배의 허튼소리를 막아
우리 영원히 독도의 주인으로 살아가자꾸나

서정란 1993년 『시대문학』으로 등단
시집 『어린 굴참나무에게』 등

죽도에서 바라본 울릉도, ⓒ 이명수

독도의 손을 잡고

박 분 필

제일 먼저 해뜨는 섬아
낙조가 아름다워 눈물겹던, 섬아
바다 거칠어지면
바다제비 팽이갈매기 슴새 들의
엄마 품이 되어 설레었던, 섬아
선택받은 곳에 우뚝 엄전하게 서 있구나
너, 선 곳이 곧 우리의 땅이니라

독도야!
우겨대고 생떼 쓰는 야만국의 침략 근성
끄떡도 하지 말자, 마음 아파하지도 말자
그들보다 한층 격이 있는 우리는
하늘을 존중하는 마음으로 받은 그대로의 천혜비경이나 잘 지키자
지구 위에 가장 쾌적한 자연의 세계를 고수하자

환하게 밝은 나라, 환국이 한국으로
줄줄이 이어진 우리의 역사, 확실하게 연결하자
윗고리를 아랫고리에 딱 들어맞게
그 의무를 잊지 말자
우리의 독도야!

박분필 1994년 『문예한국』으로 등단
시집 『창포잎에 바람이 흔들릴 때』

동도 절애, ⓒ 이정훈

꿈꾸는 섬 독도

구 순 자

동도 앞 바위에
옷을 벗어 놓고
푸르고 맑은 물에
뛰어들고 싶네
하늘에서 내려온 선녀처럼
찰랑이는 파도 물에
목욕을 하고 싶네

주어진 짧은 시간이 아닌
한참을 쉬었다 가고 싶네
새와 꽃과 바람과 놀아 주고 싶네
얼굴바위 숫돌바위
삼형제바위를 거느리고
동도와 서도로 나누어져
서로를 바라보며
정답게 살아가는 섬
반도 국가의 역사가 새겨지는
보석처럼 빛나는
대한민국의 섬

구순자 1995년 「문예한국」으로 등단
시집 「겨울을 나는 장미」 「이것도 시」

독도 해식대, © 구순자

백조

편 부 경

유속을 따라 흐르는 새 한 마리 보았다
고단한 몸짓을 감춘 채
시선이 던진 욕망의 분신으로 떠 있는듯
우리의 기억에서 다리가 없는 새

할일 없이 빈둥거리거나
걸음 한번 서두른 적 없는 여유로운 사람에게서
백조를 읽거나 꿈꾸기도 한다

산다는 것은 홀로 물을 건너는 일
물 위의 풍경 같은 그대와 내가
백조이거나 그의 위로가 될 수 없는 이유는
거기에 있다.

새는 위로며 독도는 백조다
백조의 상징성은 안쪽에 있다는 것
발버둥에 베인 물의 상처까지
깨닫고 나면 날개 하나씩 돋아
서로 부둥켜 유영할 수 있을까

편부경 1995년 『조선문학』으로 등단
시집 『독도 우체국』 등

독도 갈매기, ⓒ 이정훈

독도

김 지 헌

심해의 푸른 숲에는
혹등고래가 살고 있다고
고래를 찾아 떠난
두 남자가 있었다는데……
그들이 돌아왔다는 얘기
아무도 듣지 못했는데

아! 동해의 끝,
한반도의 시작이 열리는
바다의 열혈 전사
파도 잔잔한 어느 날
나의 배가 살그머니 그의 품에 들자
난공불락의 바위섬이 빗장을 풀고
제 가슴 열어 보여주는
합일合一의 한순간

김지헌 1997년 『현대시학』으로 등단
시집 『회중시계』 등

독도, 시를 쓰다

독도경비대 막사, ⓒ 이정훈

몸의 독도 외 1편

김영탁

독도에 와서 독도 땅과 바위에 키스하면서 알았네
아득한 어머니의 어머니, 또 아득하고 먼 어머니의
손끝이고 발끝이고 머릿결 끝이고 온몸 끝이고
눈길 끝이라는 것을,
독도의 작은 돌 하나 질경이 한 포기라도 어머니의 뼈와 살이
라는 것을,
독도 땅에 입맞춤할 때,
벼락 맞은 듯 온몸이 지독한 감전처럼 떨릴 때 알았네

독도에 와서 바닷물결에 손 적셔 보고 알았네
파도치는 바닷물결은 어머니의 자궁이며
넘실거리는 양수일 거라고,
저 철썩거리는 파도가 말해 주고 있네
어머니의 자궁에서 자라나는 물고기와 조개들이
합창을 하고 산호초들이 춤을 추고 있다는 것을,
철썩거리는 바닷물결 플랑크톤도 알고 있다네

독도의 바람이 알려주고 있네
아득한 여인의 노래와 말을
여인의 몸피를 안고 부는 바람 소리는
태고의 아득한 피리 소리와 여인의 노랫말, 그 소리

너무도 쟁쟁하기에 낯설지 않고
먹먹했던 귀가 열리고
가슴은 세차게 뛰고 있다는 것을,
괭이갈매기도 알고 아득한 여인의 머릿결을 빗고 있네

서도의 어민숙소, ⓒ 이명수

성인봉 산신령님이시여*

오늘 한국시인협회 시인들이 울릉도에 왔습니다.
그 중 시인 열한 명이 님의 산에 올랐습니다.
그런데 깜박하고 님께 드릴
예의를 갖추지 못하고 성인봉에 올랐습니다.

님의 덕분에 우리 모두는 무사히
산행을 마치고 돌아와 뒤늦게 뉘우쳐
님께 산신제를 올리오니
부디 용서하시기 바랍니다.

성인봉 산신령님이시여!
시인들은 감격했습니다.
우리 민족의 아득한 원형과 기氣를
고스란히 간직하신 님께
우리는 그저 감동의 눈물과 땀만 흘렸습니다.
이제 갑남을녀들이 님의 산에 자주 찾아
예를 올리고 민족의 원기元氣를 일으켜야 할 것입니다.

님이시여!
오늘 울릉도에 온 시인들과 모든 선한 사람들에게
산길과 뱃길에 무사안녕과 복을 내려 주시고

영험을 내려 주소서
성인봉 산신령님 만세
만세 만세!

*2009년 9월 22일 11명의 시인들(강정이, 김영탁, 김진홍, 박분필, 배경숙, 서정 란, 윤강순, 이정훈, 임명숙, 임윤식, 임지현)이 울릉도 성인봉에 오르고 나서 그 날 저녁 동도항 공원에서 산신제를 올렸다. 산신제는 이명수, 김진홍, 서영미, 김 영탁 시인이 진행을 했고, 산신제 중간쯤에서 부산에서 온 김복실 여사 외 7명이 참여했다.

김영탁 1998년 『시안』으로 등단
시집 『새 소리에 몸이 절로 먼 산 보고 절하네』

동서도, © 이명수

독도는 노래한다

문 봉 선

배꼽에서
떨어져 나올 때부터,
백두와 한라 사이 배꼽 근처에서
한반도 그 거리만큼 더 외로웠을
동도 서도 둘로 나누어져 배꼽이 된 혼자여라

상처받지 않은 영혼처럼 혼자 가라
상처받지 않은 영혼 없으니 스스로 견디라
밤마다 죽음에 빠져 살았고
치이고, 때리면 부딪치고
비바람도 단단한 근육질로
어둠과 고통도 삭이고 사귈 즈음

혼자가 아니다
250만 년 화산섬, 신비로운 섬은 다시 태어나
탐나는 총명함으로 빛을 뽐고
신령한 기운으로 하늘 · 구름 · 바람풀꽃 불러
땅채송화 · 날개하늘나리 · 괭이갈매기 함께 손짓하여
햇살 앞에 눈부신 너는 세상에서
가장 강하고 순결한 시인이 되었다

외롭지 않다
세상 어둠을 밝히는 등불이다
어둠 속에 혼자 울어 본 자만이 고독을 말할 수 있고
외로움을 삭힌 자만이 노래할 수 있다
춤추고 노래하는 시인이여
하늘 아래 영원한 것은 없나니
독도는 이미 영원하다

문봉선 1998년 『자유문학』으로 등단
시집 『독약을 먹고 살 수 있다면』 등

독도, 그 가을

신 혜 솔

변덕이 심한 바다는
세찬 파도를 잠재우고
오늘
동해의 아침을 열었다

풀잎처럼 나약한 사람들
육지에서 묻어 온 사심을 내려놓고
겸손만을 안은 채 승선을 한다
외부인을 쉽게 허락하지 않는 섬
고독을 즐기는 섬
그에게로 가는 길은
그래서 멀고도 까다롭다

하얗게 부서지는 뱃길 따라
두어 시간
망망한 바다 위에
신기루처럼 드러난 바위섬
가슴이 기쁘게 자맥질한다
발을 내디딘 순간의 감격이란
우뚝 선 바위섬을 향해
큰절을 올리는 시인의 마음

이 가을
쪽빛 바다와 하늘과 바람을 허락해 준
평화의 섬, 독도에 안겨
맑은 숨으로 푸르게
푸르게 걸어 보자

신혜솔 1999년 『한맥문학』으로 문학 활동 시작

독도 전경, ⓒ 신혜솔

독도에 있는 경상북도 표지석, ⓒ 이정훈

독도의 조난 어민 위령비, ⓒ 이정훈

세상에서 가장 큰 섬, 독도

박수현

너를 처음 만났을 때
아름다운 아픔이었다
잘못했다
바람 드세어 회항한 몇 계절
너를 까맣게 잊고 산 것 빌고 또 빌었다

누가 너를 국토의 가장 막내라 했는가?
천 개의 손을 가진 그분처럼
더듬더듬 반도의 무수한 밤과 낮을 알뜰히도
쓰다듬어 왔음을 이제야 알겠다
수천 년을 아슴히 울고 울며
피 묻은 두 개의 젖가슴 열어
항시 반도에 젖 물려 온 홀어머니임을 이제야 알겠다

먹물빛 물결 첩첩 넘어
역사의 책을 펴니 너는 세상에서 가장 큰 섬,
깊고도 결연한 너의 적요
뼛속까지 스미는 그 서느러움
나 오늘 은밀히 퍼담고
무량한 바람되어 너의 곁을 떠도네
불러 불러도 미안함은 남느니

나날이 거센 파도에 몸 적시는
저 동해의 끝에 너를 두고서,

박수현 2003년 『시안』으로 등단
시집 『운문호 붕어찜』

독도

강 정 이

그는 간절히 기다리고 있었다
육지로 떠난 자식 바람으로나마 소식 줄 것 같아
잿빛 치마 흩날리며 섰다
날씨 차가우면 감기들라 세파世波에 다칠라
내 걱정 말고 그저 열심히 살라며 비손하는 독도

뭍에 사는 자식
고열에 헛소리까지 해댄다지만
달려갈 수 없는 숙명, 그래서 섬인 것을

섬이 된 사람아, 독도에 가 보라
까맣게 묻었던 우리의 어머니가
섬이 되어 거기 있다
대한민국 아들 딸 그리는 마음에
석양에 몸 씻고 동해바다 해돋이로 독도가 솟아 있다

강정이 2004년 『애지』로 등단

악어바위와 서도, ⓒ 이명수

죽도

한 영 숙

그 섬에 가면
단 하나뿐인 누군가를 만날 것 같다
아직 콧잔등 귓불 한번 더듬어 본 적 없고
더운 숨길 한번 느껴 본 적 없지만
그 섬에 가면
이 가슴 서늘하게 쓸어 줄
누군가의 손길을 만날 것 같다

시도때도 없이 급변하는
이 뚜껑 열린 세상,
하루에도 짜디짠 목숨을 습관처럼
지지고 볶는 시간들
훌쩍 떠나

그 섬에 가면
휴대폰 펑펑 터지듯 꼭 말 안 해도
서로 통화 잘 되는
그 누군가를 만날 것 같다

082

한영숙 2004년 「문학 · 선」으로 등단

죽도. ⓒ 이정훈

다시 찾은 독도

임윤식

며칠 전 새벽 꿈에
외국에 사는 아들녀석이
걸어서 서울 집으로 산 넘고 물 건너 오다가
그만 길을 잃고 말았다 하네
잠에서 깨어나자마자 국제 전화를 했네
잘 있느냐고 별일 없느냐고

오늘 독도에 다시 왔네
망망대해 설렘의 물결을 타고
머나먼 길 세 번째 찾아왔네
서둘러 왔네
피붙이 보고 싶어 불원천리 달려가는
명절 즈음 귀성객처럼

삼 세 번만에 가슴을 연
너를 만나 너를 품에 안아 보네
소금꽃처럼 하얗게
갈매기 날갯짓을 뒤집어쓰고
목쉰 파도소리를 근위병처럼 거느린
한 무리의 장렬함을 보네
한 송이 외로움을 보네

새벽 꿈에 자주 보이듯
너는 또 사천만의 꿈이네 마음이네

임윤식 2005년 『시와창작』으로 등단

동도, ⓒ 이정훈

그리움에 떠 있는 섬 독도

노민석

수천 길 심연이라 검은빛
출렁이지도 않는 바다 위로
솟아오른 바위섬
오고간 사계절이
수백만 층층으로 자국난 암벽

무거운 바람이 몰고 오는 격정 속에서
언제나 부딪치는 음과 양
미움과 사랑, 삶과 죽음이
바위마다 얼룩진 모순적 조화

끈질긴 생명은 사는 방향이라
바위틈 사이마다
보라꽃 흰꽃을 피웠고
꽃도 없는 산풀은 무성하게 자랐는데

동도와 서도 사이 투명한 마당에
물결처럼 떠 있는 그리움
세월과 삶은 출렁이며 흔들리고
그리움으로 솟아
언제나 그리움에 떠 있는 섬 독도

노민석 생명공학 박사

등대, ⓒ 이정훈

에세이와 언론기사

배경숙 서정란 박분필 김진홍

이정훈 임윤식 편부경

독도와 포클랜드

배 경 숙

　단 20분, 독도에 내릴 수 있는 시간이 허용되었지만 나는 그놈의 멀미 때문에 여객선 화장실에서 10분을 허비하고 나머지 10분쯤으로 독도의 땅김을 맡아 본 셈이다. 아니, 바위섬에 내려 온몸의 무게를 다해서 걸어 볼 수 있었다. 그 감회라는 것이 깊고 애절한 사랑을 품에 안아 보고 난 기분이라고나 할까? 뿌듯하고 당차고, 그렇게 향기로울 수가 없었다. 가슴으로 눈으로 가득 차 올라온 독도를 한 바퀴 돌아본 후 아쉽게도 그만 울릉도로 향했다. 기암괴석으로 가득한 우리 땅 독도를 뒤로 하며 한편으로 나는 포클랜드를 떠올렸다.

　우리 나라에서 지구의 중심을 뚫고 반대편으로 똑바로 나아가면 어디에 닿을까? 포클랜드에 닿는다고 한다. 그러니까 지금 우리가 북극 가까이에 서 있다면 포클랜드 사람들은 남극 가까이에서 거꾸로 서 있는 셈이다. 인간이 거주할 수 있는 환경으로 가장 남극 가까이에 있는 마지막 육지인 셈이다. 포클랜드에서 남극의 세종기지까지는 약 600마일, 배로 3일 거리면 닿는다.

　포클랜드는 12,173평방킬로미터로 우리나라 전라남도와 비슷한 넓이다. 동포클랜드와, 서포클랜드, 그리고 700여 개의 섬으로 이루어져 있다. 인구는 3,000여 명이며 동포클랜드의 스탠리에 2,000여 명이 살고 있다. 주민은 주로 영국 사람들이다.

　포클랜드는 1592년 영국인 존 데이빗 선장에 의해 발견되었고, 1690년 존 스트롱 선장이 상륙하였다. 1982년 4월 2일 알젠틴이 점령하여 1982년 6월 14일 영국군이 탈환하였다. 포클랜드 전쟁 이후 스텐리항에서 35마일 떨어진 마운트 프레젠트에 1,500여 명의 영국 군인들이 주둔하고 있다.

포클랜드는 24시간 내내 바람이 죽어라고 불어대고 가랑비가 내리는 흐린 날씨가 대부분이다.

포클랜드에는 흙이라고는 없다. 천지사방이 발목을 덮을 정도의 쿠션이 좋은 피트 밭이다. 피트 밭은 화이트 그라스 같은 풀이 수세기 동안 나고죽고를 거듭하며 쌓인 들판이다. 도랑물도 피트 밭에서 걸러져 나와 짙은 커피색이다. 강한 산성이라 어떤 동물도 대부분의 식물도 살 수가 없다. 모기, 지렁이, 개구리……도 없다. 식물이라고는 콩난처럼 땅을 기는 티베리와 억센 양치류와 디들디 나무 정도가 전부라 할 정도다. 바람을 막아 줄 언덕도 없다. 산이라고는 바위가 솟아 있는 약간 높은 구릉 정도인데 그나마도 멀리에 한두 군데 있을 뿐이다. 옷의 단추를 모두 잠그고 모자가 달린 후드의 끈을 바짝 조이고서야 사나운 야생 바람 앞에 나설 수가 있다. 잠그고 묶고 조이는 몸단속을 단단히 한 다음에야 야외로 나가는 것이다. 하루에 날씨가 열두 번도 더 변덕을 부리기는 하지만 오랜 시간 비가 내리는 일이 없으니 항상 방풍 방수, 보온용으로 모자 달린 겉옷을 입고 다닌다.

희디흰 유리 가루를 쏟아 놓은 듯한 요크베이 쪽의 새하얀 모래사장으로는, 20년 전 포클랜드 전쟁 때 묻은 지뢰밭이란 표시와 '야생동물 보호구역'이란 팻말로 철조망을 쳐 놓고 있어 바다 가까이 내려갈 수가 없다. 바닷가 대부분의 지역엔 해골에 가위표를 쳐 놓은 지뢰밭이란 팻말이 자주 보인다. 전쟁 때 작전 지역이었던 곳이란 표시가 될 것이다. 분단된 조국을 가진 사람으로서 전쟁이라는 표현에 감회가 새로워져 침이 저절로 삼켜진다. 가끔 티브이의 로컬 채널에서는 포클랜드 전쟁 때 젊은 병사들이 바위 뒤에 엎드린 채 전우의 시체 옆에서 추위에 떨거나, 지쳐 가며 행군하는 모습들이 나온다. 어떤 전쟁이건 전쟁은 참으로 처

참하다는 것이 가슴을 치받는다. 그리고 꼭 이겨야 한다는 것도. 영국 령 포클랜드, 여기에서 국토를 사수해야 한다는 절실함을 온몸으로 느낀다.

포클랜드는 알젠틴의 200해리 내에 있는 섬이다. 해서 알젠틴은 현대의 국제적인 해석으로 포클랜드를 자국령 회복이라는 명분으로 전쟁을 일으켰다. 폐전 후 지금도 섬 이름을 그들 나름대로 말비나스 제도라고 부른다.

포클랜드는 흙도 없이 동식물도 없이 강풍만 살아서 지구 끝으로 밀어붙이는 곳이다. 그런 곳에서 장장 19시간을 비행해야 하는 그 먼 영국 본토에서 흙과 거름을 실어 와서 몇 미터나 쌓인 피트를 걷어 내고, 감자밭을 일구고, 잔디와 꽃을 가꾸고, 양 떼를 키우고(국제 양모값을 저울질할 정도로 양이 많다.) 마을을 꾸미고, 기지를 세워 극지 탐험의 발판을 만드는 영국 사람들을 나는 보았다. 스텐리 항에는 수백 년 전에 난파한 거대한 목선의 머리 부분이나 몸체만 남은 배가 몇 척이나 지금도 파도를 견뎌 내고 있다. 새들의 보금자리가 된 폐선의 유장함이 참으로 비장해 보인다.

포클랜드 근해는 수산자원과 지하자원의 보고다. 90% 확률이 있는 유전이 8, 9곳이라고 들었다. 가끔 석유 탐사선이 지나니 근해의 배들은 주의하라는 공문을 보내기도 한다. 한 달에 한 번 정도 남극으로 오가는 쇄빙선이 스텐리 항으로 들어온다. 런던의 우체통이나 버스와 같은 빨간색의 배다. 거대하고 멋진 쇄빙선이 남극의 과학자나 대원들과 물건을 실어 나른다. 우리나라는 제대로 된 보트도 없어 남극에서 사고가 난 후에 쇄빙선을 가질 수 있는 국력이 너무나 부러웠다. 멀고도 먼 섬에 돈을 쏟아 부으면서도 미래를 위한 자원 보호에 힘을 쏟을 수 있는 국력은 어디에서 나오는 것일까? 왜 그들을 '해양 민족, 해가 지지 않는 나라 영국'이라고 배웠는지를 직접 눈으로 보며 가슴으로 느낄 수가 있

영국 포클랜드   독도. ⓒ 이만욱

었다.

아름다운 바위섬 독도, 풍요로운 독도를 위해 좀더 체계적인 정책과 관심을 기울일 수는 없을까! 집이 있다는 것은 돌아갈 자리가 기다린다는 뜻이다. 세상 어디에서도 가장 떳떳하고 굳건한 큰 힘이 된다. 돌아갈 수 있는 나라, 우리 땅은 우리가 관리하고 보호할 때 진정한 우리의 국토가 될 것이다.

나는 포클랜드에서 독도를 생각하고 독도에서 포클랜드를 떠올린다. 대마도는 또 어떤가!

배경숙 1991년 『창조문학』으로 등단
시집 『사랑할 때 섬이 된다』 등

울릉도 독도를 가다

글 · 사진 **서 정 란**

하늘이 도와줘야만 품을 내준다는 섬, 울릉도 독도, 그곳에 가기 위해 기대에 부푼 마음으로 조심스럽게 발걸음을 내딛는다.

밤길을 달려 도착한 숙소에서 하룻밤을 보내고 마침내 울릉도행 배를 탄다. 모두가 기도하는 마음이요, 상기된 얼굴이다.

얼마나 가고 싶고 보고 싶던 국토의 맨 끝, 막내섬이던가. 울릉도와 함께 숨도 쉬어 보고 살결도 만져 보고 독도를 만나 잘 있었느냐, 외롭지 않았느냐 반가운 인사도 건네고 싶지 않았는가.

날씨는 우리를 도와 하늘이 낮게 내려앉아 바다 역시 조는 듯 조용하다. 푸른 물결을 헤쳐나가는 뱃길이 파도를 만들며 뿌옇게 부서진다.

육지라면 1시간 거리도 안 되는 길을 2시간 30분을 숨 가쁘게 달려서야 울릉도 도동항에 닻을 내린다.

울릉도.

공기부터 육지와 전혀 다른 무공해다. 사방이 바다인 섬이지만 비릿한 갯내음이 아니라 싱그러운 섬 내음으로 뱃길에 시달린 어질어질한 머리를 식혀 준다.

숙소에 여장을 풀고 맛있는 점심을 먹고 난 후 각자 체력에 맞는 코스를 선택해서 주변을 돌아보기로 했다.

우리 일행 11명은 성인봉을 등산하기로 하고 길을 나섰다. 시간은 오후 2시.

육지에서는 볼 수 없는 4륜구동 택시를 타고 KBS 송신소까지 가서

산행을 시작했다. 성인봉을 오르는
길은 울창한 원시림 그대로였다. 잡
목들이 우거진 사이로 양치류들이 마
치 파란 양탄자를 깔아 놓은 듯 무성
하게 자라 몸과 마음이 파랗게 물들
어간다. 날씨 역시 우리들의 마음을
알기나 하는 듯 적당한 변화를 주어
즐거움을 더해 준다.

보슬비가 내리는 숲속은 엷은 이
내가 내려앉아 동화 나라에 온 것 같다. 비에 젖고 바람에 취하고 숲 소
리에 젖어 성인봉을 오르는 길은 마치 천상으로 가는 길처럼 몽환적이
다. 지금까지 다녀본 그 어느 산행보다 감동과 느낌이 있는 산행이 될
것 같다.

무릎이 아파 비틀거리며 미끄러지며 어렵게 오른 성인봉 정상. 울릉
도 섬 하나를 다 품에 안은 듯, 날아갈 것 같은 기분이다. 얼마나 많은
사람들이 이 성인봉을 오르고 싶어했을까……. 힘들게 오른 만큼 보람
을 느끼는 마음이 뿌듯하다.

독도, 시를 쓰다

성긴 빗방울이 계속 따라와서 서둘러 하산을 한다. 성인봉을 가슴 가득 담은 발걸음이 생각보다 더 가볍다. 내 생애 언제 다시 와 볼 수 있을지…….

성인봉이여, 안녕!

독도.

독도를 향해 우리 일행은 드디어 부푼 기대와 설레는 가슴을 안고 바닷길을 나섰다. 푸른 물살을 가르며 독도를 향하는 뱃머리가 그 어느 때보다 힘찬 것 같다. 섬에서 섬으로 가는 길은 작은 섬 하나 보이지 않는, 그야말로 망망대해 그대로였다. 독도가 얼마나 외로웠을지를 비로소 깨닫는 순간, 우리는 그 섬에 대해 얼마나 관심과 애정을 가졌을까 생각해 본다. 모두가 다 잊은 듯이 그냥 거기 독도가 있겠거니 하고 살아왔을 뿐 독도를 위한 특별한 정책이나 노력은 그다지 하지 않은 듯하다. 그러다가 일본이 자기네 땅 어쩌고 하는 날이면 그때서야 분개하고 흥분하며 온 나라가 독도는 우리 땅이라고 난리법석을 한다. 마치 당장 무엇이 쳐들어오는 것처럼. 생각해 보면 이것은 엄연한 국토분쟁이니만큼 흥분이나 하고 목소리를 높여서 될 일이 아니다. 역사적으로 인증된 명백한 자료를 가지고 그들과 대면해서 해결해야 될 문제라고 생각한다. 그들은 절대 흥분하지 않는다. 속내를 들여다보면, 엄연한 자기네 땅인데 왜 흥분을 하고 떠들어대느냐는 식이다. 그들은 조용한 외교를 통해 치밀한 계획으로 독도가 자기네 땅이라는 것을 홍보하는 것이다.

거기에 비해 우리는 독도가 대한민국 영토임이 분명한 자료가 있음에
도 불구하고 감정만 앞세워 자료에 근거한 설득력 있는 대처를 하지 못
하는 것이 사실이다. 일본이 망발을 할 때만 나라 안에서만 불같이 일어
나서 불꽃을 태우다 제풀에 사그라지고 마는 식이다.

　국가와 국가 간의 분쟁을 흥분이나 하고 감정을 앞세워 목소리만 높
인다고 될 일이 아닌 것은 너무나 자명한 일이다. 명백한 역사적 자료와
인내심을 가지고 독도 문제를 해결해 나가는 외교적 노력이 필요하리라
생각된다.

　　누가 뭐래도 독도는 분명 우리 겨레의 섬이요 땅이다
　　찾아 주는 이 별로 없는 외진 곳에서도
　　우리 민족의 기상으로 우뚝 서서

독도 해식굴

겨레를 지켜 주고 위상을 높여 주는 민족의 성역이다

함부로 말하지 말라, 자기네 땅이라고!

독도는 우리 겨레와 영원히 함께할 우리 땅이다!

마지막 날 차량을 이용해서 울릉도 일주를 한다. 꼭 어느 외국 여행지에 온 것 같다. 굽이굽이 해변길을 돌아가는 곳마다 아름다운 풍광이 펼쳐져 우리의 눈과 마음을 즐겁게 해준다. 평화롭기 그지없는 깨끗하고 조용한 섬이다. 그래서인가. 울릉도에는 뱀이 없고 도둑이 없고 거지가 없는 3무의 섬, 잘 못 들어오면 울고 왔다가 울고 가는 섬이라고 숙소 옆에서 장사를 하는 할아버지가 들려 준 말이다. 그러나 하늘이 길을 내주는 날 울릉도를 여행해 보라, 웃고 와서 웃으며 돌아갈 것이다. 그런가 하면 부지깽이나물, 명이나물, 산더덕, 울릉도호박엿, 오징어 맛이 그만이다. 가는 곳마다 울릉도의 특색 있는 반찬이 육지 사람의 입맛을 돋우어 준다. 질리지 않는 맛이다. 그 맛에 취하고 조용하고 아름다운 풍광에 취해 다시 가고 싶은 섬이 될 것이다.

울릉도, 벌써 그곳의 아름다운 자연이 그립다.

서정란 1993년 『시대문학』으로 등단
시집 『어린 굴참나무에게』 등

성인봉을 향해서

박분필

거의 다 와서 회항한 경험이 있기 때문에, 한겨레호가 울릉도의 도동 선착장에 접안을 성공한 것이 무척 반갑다.

일찍 밥을 먹고 숙소 옆집 마루에 나와 앉아 있는데 오징어를 말리던 인심 좋은 아저씨가 말을 건넨다. 우리 숙소 뒤편의 높은 산등에 서 있는 한 나무를 가리키면서 이천오백 년된 향나무라고 했다. 오랜 세월을 바람과 싸우느라 삶에 지친, 약간은 구부정한 나무가 사방으로 보호줄에 묶여져 있다.

유난히 깨끗한 울릉도의 바닷가, 그리고 파리 없는 오징어덕장이 모두 그 향나무의 향기가 배어 있어 그런 것 같은 느낌이 든다.

산을 좋아하는 11명의 성인봉 팀이 순식간에 발족된다. 나리분지를 감싸안은 외륜산의 최고봉이자 울릉도의 최고봉인 성인봉. 새로운 것을 보고 많은 것을 얻고 싶은, 또 경험하기를 원하는 성인봉 팀은 금방 한마음이 되어 택시를 타고 도동항을 출발했다. 택시로 안평전까지 가는 길은 아주 험했다. 전문가가 아니고서는 절대 아무나 함부로 차를 몰고 올라갈 수 없는 길이다. 심하게 꺾이며 꾸불거리는 S자 형태의 좁은 길을 이곳 운전자는 곡예사처럼 잘도 돌고 돌아 올라간다.

택시에서 내리니 발 아래로는 푸른 바다가 펼쳐져 있고, 산비탈에는 경작된 고비밭이 나온다. 좁다란 산길이 고비밭을 지나 산능선을 따라 원시림 속으로 이어진다. 그 길을 따라 한 30분쯤 오른 후 잠시 멈추어서서 대장님의 훈시를 기분좋게 듣는다. 등반에 있어서 가장 중요한 것은 발에 쥐가 나지 않도록 해야 한다는 것이다. 휴식을 겸해 다 함께 발

운동을 했다. 걷는 도중 쥐가 심할 경우 목숨이 위험하기까지 하다니. 그때 아스피린을 한 알 먹어 주면 그만한 특효약이 없단다.

쉴새 없이 지껄이면서도 지칠 줄 모르고 잘도 앞서 가는 앞 사람 신발 뒤축만 바라보며 오르고 또 오른다. 그러다 보니 다소 힘들기는 했지만 몇 개의 깔딱이도 쉽게 지나치고, 첫 번째 고갯마루에서 황금 같은 휴식이다. 잎이 넓은 대나무들이 즐비하다.

우리는 울릉도 호박엿에 한 모금의 물로 목을 축이며 섬조릿대를 두고 입을 모아 설왕설래. 누구는 산죽이다, 조릿대다, 씨너리대다, 별것 아닌 걸로도 마음이 들뜬 사람들에게는 충분히 즐겁고 행복하다.

드디어 일행은 성인봉_{聖人峰}에 올랐다. 성인봉을 안고 사진을 찍으니 내가 조선시대의 성인인 한 건장한 남성을 안고 있는 것 같다.

조선시대 『성종실록』에 김자주라는 사람이 독도의 모습을 묘사한 재미있는 내용이 있다.

"섬 서쪽에 7, 8리 남짓한 거리에 정박하고 보니 북쪽에 세 바위가 나란히 서 있고, 그 다음은 작은 섬들이 있고, 다음은 가운데 섬이고, 가운데 섬 북쪽에 작은 섬이 있는데 모두 바닷물이 통합니다. 바닷섬 사이 곳곳에는 인형 같은 것이 30여 개나 별도로 있어 의심이 나고 두려워서 곧바로 닿을 수가 없어 도형을 가지고 돌아왔습니다."

윗글에서 가운뎃 섬이 서도이며 바다섬은 동도인 것으로 추측된다고 기록되어 있다. 서른 개의 인형은 20여 년 전까지만 해도 서식했으나 지금은 일본의 남획으로 거의 보이지 않는 바다사자인 것으로 울릉군청은 풀이하고 있다.

다소 억측이 심한 나는 혹시 단군신화의 본거지가 백두산 언저리가 아닌, 여기 독도가 아닐까 하는 뚱딴지 같은 생각에 잠시 마음을 뺏긴

다. 신비하고 아름다운 섬이니 그런 상상력쯤 아주 재미있지 않을까?

  단군신화에 "배달임금이 있어서 아사달에 도읍하고 나라를 열었으니 이름을 아사달阿斯達이라 했다."로 나온다. 유학자이신 이기동 교수님은 "아사달의 阿斯는 고대어의 '아침'에 해당하는 말로 보인다고 했다. 우리의 고대어가 일본으로 건너갔을 것이고, 일본에서는 '朝'를 '아사'라고 발음한다. '達'은 '곱다' '밝다' 등을 뜻하는 순수한 우리말의 이두식 표기일 것이다. 그렇게 보면 '아침에 밝은 곳'이란 의미가 된다." 나는 이 말이 울릉도와 독도에 아주 적합하다는 생각을 한다.

울릉도와 독도는 넓게 트인 깨끗한 푸른 바다의 중심부에, 참 환하고도 밝은 곳에 위치해 있으니 무리는 아닐 거라는 생각이 든다.

우리가 쉽게 접할 수 있는 『삼국유사』, 또는 성종 때나 중종 때의 간행물에 우리나라 이름이 환국으로 되어 있다. 환국이란 동해에 위치한 소중한 우리의 여러 섬들처럼 환한 나라라는 뜻이다. 한국 땅이 이렇듯 해 뜨는 동쪽에 자리잡고 있기 때문이다.

우리의 자랑스러운 한국은 '밝은 땅'이라는 의미를 가지면서 동시에 '한 국가'를 의미하는 역사성도 가진다. 그래서 일본은 그들의 역사보다 앞서는 한국의 역사를 신화화하기 위해서 그들이 '환국을 환인桓因'으로 고쳤다는 설이 있다. 일본이 조선의 침략을 합리화하기 위해 만들어낸 '일선동조론'이라는 이론이 있다. 즉 조선과 일본은 그 조상이 같다고 주장하는 것이다. 그래서 자기들이 형의 나라가 되기 위해서는 일본의 역사가 조선보다 앞서야 했기 때문에 저지른 일이리라.

KBS 코스로 내려오는 길. 후둑후둑 비가 내린다. 안개가 자욱한 산속을 성인의 후예들이 내려온다. 길 양편으로 높은 나무들이 울창하다. 그 늘진 숲속에 양치식물들이 이슬처럼 빗물을 머금고 땅에 쫙 깔려 있다. 절경이다. 고사리과 양치식물에 모두 반해 탄성을 지른다. 금방 태어난 아기들의 마음이 저토록 순수하고 여리고 푸를까? 키 큰 마가목에는 빨간 열매가 송이송이, 주렁주렁 달려 있다. 아름다운 우리 나라. 우리 나라 좋은 나라.

박분필 1994년 『문예한국』으로 등단
시집 『창포잎에 바람이 흔들릴 때』

독도박물관에서

글·사진 **김 진 홍**(숲 해설가)

3박 4일 간의 울릉독도 탐방 일정의 마지막 날, 도동항에서 20여 분 거리에 있는 독도박물관을 찾아간다. 그 동안 탐방했던 여러 곳을 회상해본다.

울릉도 해안 도로 일주 탐방, 도동항 근처의 환상적인 화산암 해안 둘레길 걷기, 나리분지의 너와집과 투구집 및 씨껍데기술

울릉도 해국

을 곁들인 명이, 부지깽이, 미역취, 전호 등으로 만든 환상적인 나물 비빔밥, 독도와 죽도 탐방, 그리고 가장 감동을 받았던 원시림 형태의 숲, 생태계를 그대로 간직하고 있는 성인봉(986.7m) 숲길 산행 등등…….

울릉도에서 독도를 향하는 삼봉호 선상-이곳 천연기념물의 하나인 괭이갈매기가 사람들이 그리운 양 뱃전을 맴돌면서 따라나선다. 던져지는 먹이에 더욱더 신이 난 모양이다.

주위의 친구들까지 불러들이면서 족히 30~40여 마리의 괭이갈매기들이 우리들과 함께 독도로 향하고 있다. 독도 땅을 밟아 본다. 내면에서 움틀거리는 알 수 없는 감정이 용솟음친다. 바위 위에 핀 청아한 자줏빛 왕해국꽃이 우리들을 반갑게 맞이하고 있는 듯하다.

460만 년 전 바닷속 깊은 곳에서 뜨거운 용암을 분출시키면서 솟아오른 독도, 바닷속에 2,900m를 숨기고 바다 위에 살짝 내민 독도(98.6m). 백두산보다 더 높은 독도해산……

심흥택 해산과 이사부해산을 연결하는 거대한 해저산맥……. 수면 위 면적이 너무 좁아 250만 년 전에 안용복해산과 연결시켜 울릉도를 탄생시켜 한민족이 정착했던 겨레의 혼이 담긴 곳 울릉독도…….

울릉도와 독도는 한반도에서 동쪽으로 뻗어나간 거대한 해저 백두대간……. 그래서 우리 민족은 울릉독도에 대한 지극한 사랑과 열정이 늘 함께…….

단군이 태백산 신단수 아래에서 나라를 세우면서 즐겨 먹었다는 산마늘이 이곳에서는 명이라는 이름으로 눈 덮인 이른봄부터 거주민들의 생명력을 이어가게 하면서 울릉독도를 지켜 왔던 한민족의 위대함이여!

일제 강점기에 이주민들이 북간도를 거쳐 동토의 나라 시베리아 벌판으로, 다시 중앙아시아로 강제 이주당하면서도 끈질지게 생명력과 민족혼을 지켜 왔던 그 근원을 이곳 울릉독도에서도 만나는 것 같은 감회가……. 한민족의 끈질긴 투혼을 느낄 수 있는 아름다

울릉나무

운 겨레의 섬 울릉독도여!

성인봉 숲길 산행, 원시림 숲 생태계를 그대로 유지하고 있는, 그래서 출발점부터 다양한 식생태계가 우리를 맞이한다. 부지깽이 (섬쑥부쟁이)를 비롯하여 명이, 그리고 노란털머위꽃, 미역취꽃들이 성인봉의 가을 정취를 물씬 풍기고 있다. 육지에서 부지깽이란 옛날 아궁이에 군불 피울 때 사용하는 나무자루를 일컫는 말이었는데……

해발 600m 지점부터 펼쳐지기 시작하는 참고비(화석 식물) 군락

울릉숲

지의 장관은 고생대 공룡의 나라에 들어온 것 같은 환상에 젖기에 충분했다.

우리들은 산행 길에 흔히 육지에서 볼 수 없는 풀과 나무들을 만나게 된다. 향나무, 산죽, 후박나무, 우산고로쇠나무, 너도밤나무, 섬단풍, 섬피나무, 섬댕강나무 등등……. 그리고 성인봉 산행길 내내 우리를 반기는 빨간 마가목 열매는 또 다른 행복과 감동을 불러일으키기에 충분했다.

원시림으로서 숲생태계의 균형과 생존질서가 자리잡힌, 그래서 더욱 우리들에게 평안함과 아늑함, 그리고 행복감을 안겨 주는 성인봉 산행은 진정한 숲 생태계의 공존과 공생이 무엇인지를 일깨워 주는, 살아 있는 숲 생태계의 교육 현장이라고 해도 과언이 아닐 성싶다.

성인봉 정상에 서서 사방을 둘러 본다. 비록 옅은 안개가 끼여 있었지만 몇 해 전에 탐방했던 백두산 정상에서 느꼈던 감정이 고스란히…….

백두산과 성인봉! 역사의 흔적과 겨레의 숨결 앞에 겸허해질 수밖에 없는 숙연함이 함께 하는 것 같다.

아, 아! 위대한 대한민국이여! 그리고 겨레의 섬 울릉독도여, 영원하리라!

독도박물관을 나오면서, 임정원 해설사로부터 들은 독도 사랑에 열정을 쏟고 있는, 편부경 시인을 비롯한 토박이 독도 지킴이들의 뜨거운 열정에 새삼 머리가 숙여진다.

울릉굴거리나무

울릉부지갱이

3박 4일 간의 짧은 탐방 일정, 그리움과 아쉬움
만 가득……. 그러나 나의 마음은 저 멀리 바라보이
는 성인봉을 향하고 있다.

울릉독도의 주인이신 성인봉 산신령님과 당상목
님이시여! 부디 우리 민족의 혼이 살아 숨쉬고 있는
겨레의 섬, 평화의 섬, 울릉독도를 잘 보살펴 주시
기를 간절히, 간절히 기원드리옵나이다.

울릉도에 詩를 심어 가꾸자
– 문학으로 실천하는 영토 사랑… 독도 소재 문학도 열기

글·사진 이 정 훈

영토 문제에 관한 한 조선은 참으로 미운 나라다. 건국 때부터 왜구의 침입에 시달렸던 조선은 태종 17년(서기 1417년) '해금海禁 정책'을 취했다. 왜구들이 유인도를 발판삼아 내륙을 침략하기에 섬에 사는 사람들을 육지로 들어오게 한 것. 그리고 섬에 나가 살고 있는 사람이 있으면 수색해 끌고 오기 위해 몇 년에 한 번씩 '수토관搜討官'을 보냈다.

해금정책은 465년간 관류해 조선조 말인 1882년까지 지속됐으니 국토의 막내인 울릉도는 무인도가 되었다. 독도를 지키는 핵심 배후지를 비워 뒀으니 일본에 독도를 뺏어갈 수 있는 빌미를 준 것이다. 울릉도엔 강력했던 해금정책이 흔적을 찾아볼 수 있는 곳이 있다. 울릉군 서면 태하리 해안가에 있는 보기 드문 황토굴이 그곳이다.

예나 지금이나 관리들에겐 적당주의가 몸에 배어 있다. 조선조는 수토관이 울릉도에 다녀오지 않고도 갔다 왔다고 하는 것을 막기 위해, 이들을 보낼 때는 반드시 황토굴의 황토와 울향(울릉도 자생 향나무)을 가져오게 했다. 섬과 해양 주권을 방기했던 서글픈 해금 정책의 실체를 보여 주는 황토굴이 지금은 울릉도의 관광 명소가 되었다.

다시 사람이 나가 살기 시작한 것이 126년밖에 되지 않았으니, 울릉도엔 이렇다 할 문화와 역사가 붙어 있지 못하다. 고인돌과 신라시대의 고분이 발견됐음에도 울릉도의 역사는 빈약하기만 하다. 울릉도에서 초중고를 나와 등단한 시인과 소설가는 전무하고, SKY로 불리는 명문대에 진학한 인재도 없다. 독도를 우리 땅으로 굳히고 싶다면 하루빨리 울릉도와 독도에 문화와 역사의 떼를 입혀야 한다.

조선조가 벗겨 낸 울릉도의 문화와 역사를 다시 입히는 일에 매진하는 단체가 한국시인협회(회장 오탁번)다. 관광지로만 남아 있는 한 울릉도는 사랑하는 존재가 되기 힘들다. 지난 9월 21일 울릉도에 들어간 이 협회는 회원들을 초중학교로 보내 이 섬에 시를 심는 강의를 하게 했다. 독도를 방문하고 돌아온 날 밤에는 도동항의 소공원에서 울릉도에선 보기 힘든 시낭송회를 가졌다. "동쪽 먼 심해선~"으로 시작하는 청마 유치환의 「울릉도」를 잇는 행사를 가진 것이다.

문학 지망생들이 모임인 울릉문학회에 함께 한 이 행사에서 시인협회의 오탁번 회장은 '독도는 독도'를, 오세영 전 회장은 '독도'란 제목의 시를 낭송했다. 그리고 벌어진 뒤풀이에선 전남 고흥에서 온 흥양예술단이 흥겨운 남도 가락을 펼쳐 보였다. 항구와 상점의 불빛만 파르르한 가운데 두꺼운 어둠이 덮인 도동의 좁은 하늘로 문화의 기운이 뻗쳐 올라간 것이다.

독도를 품은 울릉도엔 나리분지와 성인봉, 송곳산, 말잔등, 통구미, 섬목, 공암 등 이름만 들어도 이국적인 절경이 많이 숨어 있다. 이러한

움푹 파인 계곡 끝에 있는 도동항의 야경. 전국을 순회하며 국보를 배경으로 시낭송회를
해 온 한국시인협회는 독도를 품은 울릉도에서도 시낭송회를 가졌다.

곳을 소재로 한 시와 소설, 그리고 이야기가 쌓여 갈 때 두 섬의 한국화
는 가속화된다. 울릉도엔 일본이 말하는 다케시마가 아닌 진짜 죽도竹島
도 있다. 딸림 섬인 죽도 탐방까지 마치고 육지로 돌아오는 배 안에서
피곤했던 탓인지 많은 시인들은 눈을 붙였다.

　그러나 유독 한 사람만 뿌듯함이 가득해 활기가 넘쳐났다. 시인협회
독도지부장을 맡고 있는 편부경 시인이 그 주인공. 본적지를 울릉도로,
주소지를 독도로 해 놓았다가, 독도에 거주하지 않는다는 이유로 주소
지 퇴거 조치를 당했던 편시인은 '문학으로 하는 영토 사랑'을 거듭해서
강조했다. "조선의 실수를 벗어던지고 울릉도와 독도에 시를 심는 것,
그것이 두 섬을 사랑하는 지름길이고, 나라를 지키는 첫 걸음이다."

－『주간동아』(통권 707호, 2009. 10. 20), 71쪽.

시문학을 통한 국토 사랑
한국시협 '겨레의 섬, 평화의 섬, 울릉 독도 사랑' 행사 펼쳐

글·사진 **임윤식**

지난 9월 20일, 3박 4일의 일정으로 울릉도, 독도를 다녀왔다.

울릉도, 독도 탐방은 필자의 경우 이번이 세 번째다. 2년 전과 마찬가지로 이번에도 한국시인협회(회장 오탁번, 고려대 명예교수)가 '겨레의 섬, 평화의 섬, 울릉 독도 사랑'이란 캐치프레이즈로 추진하고 동북아역사재단(이사장 정재정)이 후원한 행사에 참가했다. 3회째로 2년마다 추진해 온 이 행사는 우리나라의 가장 대표적이고 전통 있는 문학 단체인 한국시인협회의 '시문학 활동을 통한 우리 땅 사랑' 운동의 일환이다.

2년 전 독도 방문시에는 부두에 너울이 심해 접안을 하지 못하고 섬 둘레를 두 바퀴 돌면서 선상 시낭송회로 아쉬움을 달랬었다. 또 지난 봄에는 포항에서 출발, 1시간 정도 바다로 나갔으나 파도가 너무 심해 결국 회항하고 말았었다. 세 번째 가 보는 이번 행사는 지난 봄 가지 못했던 계획의 재추진이다.

이번에는 우선 출발지를 달리해서 포항 대신 묵호항을 택했다. 묵호항 출발의 경우 여객선 한겨레호 크기는 승선 가능 인원 445명으로 포항의 경우 보다 반 정도로 작지만 시간이 30분 가량 적게 걸리는 이점이 있다.

9월 20일(일) 밤 9시 반 운현궁 앞 집결, 버스로 묵호를 향해 출발했다. 이번 행사의 참가 인원은 총 45명, 한국시협 소속 시인 33명, 예술단 12명 등이다. 매번 그렇듯이 이번에도 한국시협 독도지회장인 편부경 시인이 실무를 주로 맡아 수고해 줬다. 편부경씨는 2003년에 주민등록을 독도로 옮기고, 독도 주민인 김성도씨 부부를 위해 모금 운동으로

도동 입항

도동에서 본 죽도

도동 선착장풍경

1.3t짜리 고깃배 '독도호'를 마련하는 데 주도적 역할을 하는 등 최일선에서 독도지키기운동을 펼쳐 오고 있는 여류 시인이다. 그녀는 『독도 우체국』, 『영혼까지 독도에 산골하고』 등 독도 관련 시집도 낸 바 있다.

일기예보를 들어 보니 출발 다음날인 월요일에는 전국적으로 비가 온다고 한다. 지난 봄처럼 파도가 심해 출발을 못하는 것은 아닌가 걱정이 앞선다. 그러나 일기예보란 현장에서 직접 겪어 봐야 알 수 있는 일, 일단 묵호까지 가 보기로 했다.

밤 1시경 묵호항에 도착, 모텔에서 눈을 붙인 후 아침 10시에 배를 탔다. 걱정과는 달리 날씨가 너무 좋다. 2년 전 당시 "바다를 밤새 다리미질해 놓은 것 같다."는 편부경 시인의 말이 생각난다. 오늘 바다가 그렇다. 약 2시간 반 정도 걸려 울릉도 도동항에 도착했다.

점심 식사 후 오후에는 울릉도의 몇몇 학교에서 학생들을 대상으로 '문학을 통한 국토 사랑'의 취지 및 시창작법 등에 관한 강의를 하고 시인들이 직접 쓴 시집도 나눠 줬다. 울릉도 청소년들의 문학을 통한 국토 사랑 정신을 일깨워 주기 위해서다. 울릉종고는 이명수 시인, 우산중은 김석준 시인, 울릉초교는 김지헌 시인, 저동초교는 박수현 시인이 맡아 줬다.

다음날은 독도 일정이다. 아침에 일어나 보니 그날 역시 날씨가 화창하다. 왠지 이번 일정은 예정대로 잘 진행될 것 같은 느낌이다. 7시 반에 삼봉호를 타고 독도로 출발했다. 삼봉호는 약 215명을 태울 수 있는 중형 여객선이다. 역시 바다가 잔잔하다.

10시경 독도에 도착, 선착장에 내려섰다. 생애 처음 이산 가족을 만나는 기분이다. 마음부터 설렌다. 독도는 분명 우리땅인데 왜 이토록 그 땅을 밟기가 어려웠는지⋯⋯. 한국시협 전 회장인 오세영 시인은 이번

2,500년 된 도동 향나무

독도 방문이 다섯 번째인데 독도 땅을 직접 밟아 본 것은 처음이라 한다. 그런 얘기를 듣고 보니 필자의 경우는 그래도 운이 비교적 좋은 편인 것 같다. 독도 경비대원들에게 간단한 위문품을 전달한 후 30여 분동안 기념촬영을 하고 섬 이곳 저곳을 둘러 봤다. 접안을 하면 섬 정상까지 올라갈 수 있는 줄 알았는데 막상 내려 보니 그렇지 못한 게 아쉬웠다. 선착장 근처만 돌아보는 것으로 만족해야 했다. 독도 자체가 자연환경과 생태계를 보전하고자 천연기념물(제336호)로 지정되어 있어 독도 훼손을 막기 위해서인 듯하다. 우리 일행을 이끌고 있는 현 한국시협 회장 오탁번 시인도 독도 땅을 몸소 밟아 보는 것이 감회가 남다른지 섬 곳곳을 바라보며 말없이 상념에 잠겨 있는 듯했다. 필자가 "사진 좀 찍으시죠." 하고 재촉하니 그제야 포즈를 취해 주신다. 삼봉호가 독도 주변을 한바퀴 선회한다. 동도, 서도는 물론이고 작은 부속 섬들의 기묘한 형상과 경관에 여기저기에서 탄성이 터져나온다.

독도는 행정 구역상으로는 경상북도 울릉군 을릉읍 독도리로 되어 있다. 울릉도에서는 87.4km 떨어져 있는 섬이다. 동도, 서도 2개의 큰섬과 89개의 부속 바위 및 암초로 구성되어 있으며 동도, 서도간 거리는 151m이다.

동도는 높이가 해발 98.6m이며 정상이 비교적 평탄한 편이라 독도경비초소와 헬기장, 등대 등의 시설물들이 있다. 천장굴, 얼굴바위, 숫돌바위, 부채바위, 독립문바위, 한반도바위 등 다양한 모양의 기암들이 분포되어 있다.

서도는 해발 168.5m로 뾰족한 원뿔 모양을 하고 있으며 동도보다 조금 크다. 경사가 가파른 하나의 봉우리로 형성되어 있어 정상으로의 접근이 어려우며, 수많은 괭이갈매기와 함께 사람의 흔적이 거의 묻지 않은 태고의 모습이다. 서도의 북서쪽 해안에 위치한 물골바위 틈에서 조

전망대에서 본 울릉도

금씩 떨어지는 지표수는 하루에 1,000ℓ 정도로 귀중한 식수원으로 쓰인다. 서도에는 김성도씨 부부가 사는 주민 숙소가 있으며, 서도 역시 코끼리바위, 탕건봉 등 기암들이 늘어서 있다. 또 동서도 중간에는 삼형제굴바위, 촛대바위 등 보기에도 신기한 바위들이 멋진 자태를 뽐내고 있다.

독도는 어부들만의 쉼터가 아니다. 하늘을 날아다니는 많은 새들의 더없는 쉼터이자 안식처이다. 매년 봄부터 여름까지 괭이갈매기를 비롯한 슴새, 바다제비 등이 번식하고, 철새들의 이동 시기에는 멧도요, 물수리, 노랑지빠귀, 노랑발도요 등 60여 종의 이름도 생소한 새들이 지친 몸 달래며 머물다 간다고 한다. 특히 괭이갈매기는 독도를 대표하는 텃새로 매년 5월이면 독도 섬 전체를 뒤덮는다. 식물 역시 60여 종으로 민들레, 괭이밥, 강아지풀 등이 자생하고 있으며, 목본류는 섬괴불나무,

사철나무 등이 자라고 있다. 또 북한한류와 대만난류가 만나는 지점에 위치한 독도 바다는 풍부한 플랑크톤이 있어 해양 생물들의 좋은 먹이가 되고, 수온에 따른 다양한 해양 동물들의 이동으로 황금 어장을 형성하고 있다. 오징어, 뽈락, 해삼, 문어, 소라, 전복, 성게 등이 주요어종이라 한다.

동서도의 아름답고 웅장한 모습에 취하다 보니 어느새 30분이 지났다. 독도에서 다시 울릉도로 귀항을 서두른다. 객지에 외롭게 살고 있는 피붙이를 떼어 놓고 오는 기분이다. 독도가 멀어질수록 마음도 착잡하다. "잘 있거라, 독도야. 우리 국토의 막내아우야." 마음속으로 그렇게 외치면서 아쉬워한다. 돌아오는 시간도 마찬가지로 2시간 반 정도, 왕복 5시간이 걸린 셈이다.

독도 탐방을 마치고 저녁 식사 시간에는 '울릉문학회' 회원들을 초청, 간담회도 가졌으며, 밤 7시부터는 도동 소공원에서 시낭송과 대중 가요, 판소리와 무용 등이 어우러진 종합 놀이한마당을 펼쳤다. 울릉주민, 관광객들과 시문학을 통한 국토 사랑의 참뜻을 다같이 나누고자 하는 취지에서다. 통기타 가수 현승엽씨의 감미로운 노래로 시작, 시낭송과 흥양예술단의 창, 고전 무용 등이 이어졌다.

오탁번 한국시협 회장은 인사말과 함께 「독도는 독도다」라는 제목의 자작시를 낭독, 독도가 우리 땅임을 아름다운 시로 표현했다.

까치놈 깜박이며/먼 수평선 지워질 때/신라 천 년의 거북이/천만 마리가/한반도의 맨 동쪽 끝/독도의 하늘까지/무지개빛 다리를 놓고 있네

장삼이사 김지이지/한 삼천만 명쯤/구름처럼 몰려나와/울릉군 독도리 암섬 숫섬에서/뱃길 밝히는 등대 위에서/"독도는 독도다!"/소리치고 있네

독도 코끼리바위

화산암 틈에 낳은/바닷제비 알에서도/물녘에 핀 괭이밥에서도/단군 할아버지가/흰 나룻 쓰다듬으며/"독도야 독도야" 맨 막내손자 부르고 있네

한국시협 전 회장인 오세영 시인도 독도를 '내 기특한 혈육, 사랑스런 막내아우'라고 부르면서 다음과 같이 독도에 대한 깊은 애정을 시로 읊었다.

비바람 몰아치고 태풍이 불 때마다/안부가 걱정되었다/아등바등 사는 고향, 비좁은 산천이 싫어서/일찍이 뛰쳐나가 대처에/뿌리를 내리는 삶./내 기특한 혈육아,/어떤 시인은 너를 일러 국토의 막내라 하였거니/황망한 바다/먼 수평선 너머 풍랑에 씻기우는/한낱 외로운 바위섬처럼 너/오늘도 세파에 시달리고 있구나./내 아직 살기에 여력이 없고/너 또한 지금까지 항상 그래왔듯/그 누구의 도움도 바라지 않았거니/내 어찌 너를 한시라도/잊을 수 있겠느냐./눈보라 휘날리고 파도가 거칠어질 때마다/네 안부가 걱정되었다/그러나 우리는 믿는다./네 사는 그곳을/어떤 이는 태양이 새날을 빚고/어떤 이는 무지개가 새빛을 품는다 하거니/태양과 무지개의 나라에서 어찌/눈보라 비바람이 잦아들지 않으리./동해 푸른 바다 멀리 홀로 떠 국토를 지키는 섬/내 사랑스런 막내아우야.

이 외에도 이명수 시인은 「독도항온」, 김지헌 시인은 「머나먼 스와니」, 전윤호 시인은 「오늘도 독도에게」, 배경숙 시인은 「등대」 등의 시로 국토 사랑, 독도 사랑의 마음을 나눠 줬다.

– 「오늘의 한국」(통권 321호, 2009. 10. 10), 90~93쪽.

임윤식 2005년 「시와 창작」으로 등단
월간 시사 종합지 「오늘의 한국」 사장 겸 편집인

통구미 거북바위

독도여 시인이여

편 부 경

이처럼 따뜻한 독도시편들을 만난 적이 없습니다
그날처럼 온화한 그대의 표정도 오랜만이었습니다
빗소리조차 아늑하게 자장가 삼던 꿈속에서도
실실 웃음이 나는 일, 참 오랜만이었습니다
먼 길 디뎌 다시 오가는 이유는 그래서입니다
오래 그대 살품에 시인들의 체온을 실어 주고 싶었습니다
아름다운 그들과 하루종일 놀아 주게 하고 싶었습니다.

잠시 머문 심상으로도 이처럼 사랑 가득한 시편이 나올 수 있다는 것
우리는 모두 알고 있었습니다
원고 한 편이 도착할 때마다 두근거리며 파일을 열고
세상에서 처음으로 그대에게 보내는 연애 편지를 훔쳐 보듯 읽을 때
너무나 행복하고 감사해서 눈물이 났습니다
그대에게 가는 길 멀고 쉽지 않았지만 속살 만져 보지 못했지만 시인

들은 다 알고 느끼고 가슴 벅차 했습니다.

　그대의 속삭임 다 들었습니다

　그러나 수천만의 그대 애인이 생긴다해도

　질투는 참겠다고 약속합니다

　그대는 나의 영원한 연인입니다

　시인은 모두 그대의 연인입니다

　하여 그대와 시인은 나의 동반자입니다

　독도행에 함께했던 2005. 2007. 2009. 5. 그리고 9월의 시인들과 흥
양예술단의 정준찬 단장님, 단원 여러분의 영토 사랑에 대한 일념으로
먼길 달려와 멋진 공연을 펼쳐주신 점 감사드리며, 또한 앞으로 독도로
향할 시인들의 열정과 수고로움에 대한 박수를 미리 보냅니다

　진정한 독도 시인 여러분, 사랑하고 사랑합니다

독도 시집
독도, 시를 쓰다

초판 인쇄일 | 2009년 11월 02일
초판 발행일 | 2009년 11월 11일

지은이 | 한국시인협회 독도지회
펴낸곳 | 도서출판 황금알
펴낸이 | 金永馥
주 간 | 김영탁

책임편집 | 이명수 · 편부경 · 정재분
표지 · 본문 디자인 | 칼라박스
주 소 | 110-510 서울시 종로구 동숭동 201-14 청기와빌라 2차 104호
물류센타(직송 · 반품) | 100-272 서울시 중구 필동 2가 124-6 1F
전 화 | 02)2275-9171
팩 스 | 02)2275-9172
이메일 | tibet21@hanmail.net
홈페이지 | http://goldegg21.com
출판등록 | 2003년 03월 26일(제300-2003-230호)

값 10,000원

ISBN 978-89-91601-71-0-03810

*이 책은 동북아역사재단의 일부 후원을 받아 제작하였습니다.
*이 책 내용의 전부, 또는 일부를 재사용하려면 반드시 한국시인협회 독도지회와 황금알
  양측의 서면 동의를 받아야 합니다.
*잘못된 책은 바꾸어 드립니다.
*저자와 협의하여 인지를 붙이지 않습니다.